_____ 님께

드립니다.

삶, 일
쉽지는 않겠지만

삶, 일
쉽지는 않겠지만

발 행 | 2017년 8월 15일

———

지은이 | 박삼일

———

만든이 | 이은영
만든곳 | 오후의책
등 록 | 제300-2014-14호
주 소 | 세종특별자치시 새롬남로 18
메 일 | ohoonbook@naver.com
전 화 | 070-7531-1226
팩 스 | 044-862-7131

———

ISBN | 979-11-87091-09-7   03810
값 | 15,000원

이 도서의 국립중앙도서관 출판예정도서목록(CIP)은 서지정보유통지원시스템
홈페이지(http://seoji.nl.go.kr)와 국가자료공동목록시스템(http://www.nl.go.kr/
kolisnet)에서 이용하실 수 있습니다. (CIP제어번호 : CIP2017019998)

삶, 일
쉽지는 않겠지만

박삼일 씀

오후의책

매일의 감정 메모들이 모여 한 권의 책을 이뤄갈 즈음
문득 드는 생각이, 대체 이 책의 제목은 뭐가 좋을까?
제목 생각으로 하루하루를 지내다 시간이 훌쩍 지났다.

그러다 친한 동생과 커피 한 잔 하면서
"은정아, 도대체 제목이 떠오르지 않아"

은정이는 가방에서 펜과 메모지를 꺼내들고는 써내려갔다.
삶일…

이 책《삶, 일》의 제목은
내 이름과 묘하게 겹치면서 운명처럼 다가왔다.

오래 전, 초등학교 5학년 때 일이에요.
수학시험에 수준 이하의 점수를 받았는데,
성적표에 부모님 서명이 필요해서 보여드렸어요.
순간 아빠의 꾸짖음.
공부 좀 하라고…

되레 저는 아빠에게 물었어요.
쉬운 곱하기 문제를 보여주며 아빠가 풀어봐.
아빠는 나를 한 번 쳐다보고는 조용히 방으로 들어가셨어요.

아빠는 유년시절 집이 너무 가난해
국민학교 교육도 어렵게 받았다고 엄마가 말씀해 주셨어요.
그 자리에선 혼난 것 때문에 짜증을 부렸는데
어린 나이에 제 마음에도 상처가 생기더군요.

이렇게 치열한 세상에서 배운 것 없이
얼마나 치열하게 누나랑 저를 키우며 사셨을까.
오래전의 기억이지만 아직도 생생해요.
철이 없어서 그랬겠지.

생각해 보세요.

지난 날 말 한 마디로 남에게 상처준 적은 없는지….

아무리 세월이 지나도 잊혀지지 않는 기억들이 있어요.

상처를 주는 사람과 상처를 받는 사람, 둘 다 기억합니다.

흔히 때린 놈은 기억 못해도 맞은 놈은 기억한다고 합니다.

그렇지 않습니다. 분명 둘 다 기억할 거예요.

다만 기억의 무게가 다를 뿐이죠.

남에게 상처 주지 마세요.

그게 곧 나에게 상처 주는 일이 될 테니까요.

우리 부모님은 초등학교도 제대로 나오지 못했지만,

누나와 저를 대학까지 보내주셨어요.

각자의 꿈을 향해 도전할 수 있도록 해주신 부모님.

사랑합니다.

앞으로 살아갈 날들은

다른 사람에게 상처주거나 상처받는 일들이 없기를 바랍니다.

2017년 5월, 박삼일

contents

다만 최선을 다할 뿐

삶+일

내 편도 가장 가까운 곳에.
내 적도 가장 가까운 곳에.

편일지 적일지 모르는 너에게
오늘도 그저 최선을 다할 뿐.

스치는 인연에 애쓰지 마라.
오랜 인연 떠나갈라.

옆을 지켜주는 인연
오늘은 그와 함께
따뜻한 커피 한 잔에 대화를 나눠 보는 건 어떨까?

\# 당신 옆을 지켜주는 사람

누군가에겐 죽일 듯 나쁜 놈도
누군가에겐 하나뿐인 소중한 사람이야.

사람 쉽게 연을 맺지 말되,
한 번 맺은 연은 묵묵히 믿고 지켜줘.

비싼 척 바쁜 척 해라.

다신 널 찾지 않게.

언제나 웃어라.

모든 사람이 널 찾을 테니.

선배 지갑에 들어 있던 건,
돈이 아니라 존중이었어.
당연한 거라 착각하지 마.

존중.

인간관계에 있어서 없어선 안 될 부분이에요.

그런데 우리는 언제부턴가

존중을 당연시 하는 것 같아요.

선배의 지갑에 든 건 돈이 아니었어요.

후배를 존중하는 마음이에요.

은혜에 보답하지 않는다면

다신 그 덕을 볼 수 없다.

인맥의 정의는 각자의 가치에 따라 다르겠지만

인맥은 내 요구를 들어주는 사람보다

내 요구를 거절하지 않는 사람이에요.

다만 최선을

사람관계에 정답은 없습니다.

다만 최선을 다할 뿐.

그저 그런 말들과
그저 그런 행동들.

나보다 상대방이 먼저 눈치 채는
그저 그런 말과 행동들.

대학 다니면서 성적에 연연하지 마세요.
좋은 대학 가고 싶어서
죽어라 공부했잖아요.
대학에서도 그러지 마세요.

인연을 만드세요.
그러나 억지로 만들 수는 없어요.
훗날 그 인연들이 당신이 원하는 곳으로 데려다 줄 거예요.

자~그럼! 오늘은 펜 놓고 전화기 드세요.

부메랑

누군가의 부탁을 소홀히 하지 마세요.
다음번엔 내가 부탁할 일이 꼭 생길 거예요.

누군가의 부탁에 소홀해 본 적이 있는 것 같아요.
때론 이런 성격이 나를 피곤하게 하지만,
돌이켜보면 희열을 느꼈던 것 같아요.

누군가의 부탁에 소홀하지 마세요.

한번의 '선심'으로
'환심'을 얻을 거라고

착각하지 마.

사람관계는 나사 같아서

조이고 풀 때를 알아야 해요.

연애 할 때 상대방의 마음을 얻고자

대부분의 사람들이 밀당이라는 걸 하죠.

연애의 관계를 유지하려면 이런저런 조건보다

서로의 마음이 가장 중요합니다.

사람관계는 나사와도 같아요.

나사는 처음에 잘못 들어가면 조이다 방향이 틀어져

이러지도 저러지도 못하게 되지요.

잘 조이고 잘 풀어서 자기 역할을 해야 해요.

자기역할이 무엇인지 알아야 해요.

부단한 노력이 필요하겠지요.

상처를 줬더니 도리어 상처 받아요.
웃음을 줬더니 도리어 웃게 됩니다.

말 한마디에 천냥 빚을 갚는다는 말.
말이든 행동이든 남에게 상처를 주고
지나서 보면 도리어 나에게 준 상처더라.
행복을 주었더니 내가 행복하더라.
주는 만큼 돌아오는 게 인생.

쩌~기 앞에 선배님이 지나가면
뛰어가서 인사하세요.
내 발걸음이 무거우면
내 자리도 점점 멀어져 가요.
인사가 관계의 시작입니다.

몰라서 못하는 건 배우면 되고.
알면서 안 하는 건 바보.

선배님, 후배님

선배님

선배라는 이름으로
상처 주는 말장난 하지 말아주세요.
들어주는 후배 입장도 이해해 주세요.
선배라는 이름으로 조언이란 탈을 쓰고
훈계하지 말아주세요.

후배님

비싼 안주에 소주 사주는 선배 뒤꽁무니만
졸졸 따라다니지 마세요.
새우깡에 소주 사줘도 그 자리가 즐겁고
서로 사는 얘기 나눌 수 있는 선배를 따라 다니세요.
선배도 알고 있습니다.
그런 부류의 후배를.

그래도 당신을 찾는 건
선배는 후배에게 진심이었다는 거.

**큰 사람이 되려면 모든 사람들을
나보다 높게 두세요.**

어른들이 말하기를,
겸손해라, 겸손해라.
시작 지점이 다를 수는 있어요.
그러나 결승점에 누가 먼저 들어가는지는
예측할 수 없습니다.
그러니 날개를 달 수 있도록 모든 사람들을
나보다 높게 두세요.

가시와 독

사람 말에 가시가 있다면
분명 그 가시엔 독이 있을 거야.

그 독은 우리를 병들게 할 테지.
독보다는 향기를 품으세요.
누구도 병들지 않게.

믿는 도끼

우리가 알고 있는 대부분의 믿음엔
도끼가 숨어 있지.

믿는 도끼에 발등 찍히지 마라.
찍혀도 내색하지 말고.

말 그리고 가시

내가 듣기 싫은 말은 남도 듣기 싫어요.
가시를 뱉지 마세요.
가시를 삼키는 날이 올 테니.

상처를 받아본 적 있나요?
상처를 준 적 있나요?
완벽한 사람은 없습니다.
자신의 행동 때문에, 때로는 남의 행동 때문에
상처받고 상처줬을지도 몰라요.
그러나 몸에 난 상처는 시간이 지나면 아물고 사라지지만,
말로 받은 상처는 머리가 기억하고 쉽게 잊혀지지 않아요.

사람은 하나를 받으면 하나를 주려고 하지요.
상대방에게 나쁜 말을 했다면
언젠가 나에게 부메랑처럼 돌아오겠죠.
입으로 내 뱉은 말은 되돌리기 힘들어요.
그러니 내 입으로 가시를 내뱉지 마세요.
언젠가 가시를 삼키는 날이 올 테니….

우리가 인사를 하는 이유는
인사를 받기 위해서라고 합니다.
웃으면서 반갑게 인사하세요.

스마일♡

#스마일

단체생활을 하다 보면 예의와 양보라는 걸 알게 됩니다.
싫으면 안해도 됩니다. 억지로 하면 반감만 쌓일 뿐입니다.
그러나 학교라는 보호 받을 수 있는 테두리에서 지내다
사회에 나오면 이미 익힌 사람과
이제 배워야 하는 사람의 확연하게 차이가 납니다.
윗사람은 본인이 예의가 없을지언정
자기에게 예의 바른 사람을 좋아합니다.

우물 안에서 공부를 잘하거나 운동을 잘하는 사람은
우물 밖에서 잘하는 사람을 그다지 신경 쓰지 않습니다.
운동 잘 하는 사람은 공부 잘 하는 사람 신경 안씁니다.
공부 잘 하는 사람도 운동 잘 하는 사람 신경 안씁니다.
어떤 것이든 실력을 갖추고 예의라는 무기를 반드시 장착하세요.

사실 저는 예의 없는 사람 굳이 신경 안 씁니다.
나에게 예의 없게 행동했다면
분명 나도 그 사람에게 그렇게 행동했을 테니까요.
그냥 내 반성만 하겠습니다.

고개 숙여 서로에게 진심으로 인사하세요.

누구에게는 귀찮은 한마디.
누구에게는 설레는 한마디.
보고싶다.

나 : 짝사랑을 하는 게 쉬운 일인가요?
　　당신에게 말해봅니다. 보고싶다고….

너 : 누군가 저를 사랑한대요.
　　저는 그에게 마음이 없는데….
　　제가 보고싶다고 하네요.
　　나는 왜 아무 느낌이 없는 걸까요?

사랑은 연기처럼

사랑을 시작하려면
연기자가 되어 보세요.
보고싶어도 괜찮은 척.
힘들어도 괜찮은 척.
아파도 괜찮은 척.

사랑하는 이에게 내 마음을 감추는 일보다
어려운 일이 있을까요?
불같던 사랑도 한 순간 재처럼 사라질 수 있어요.
그러니 연기를 시작하세요.

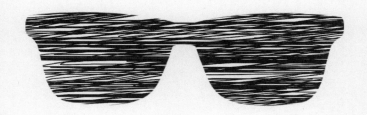

우리 사랑, 추억

사랑에 설레고 있나요?

이별에 아파하고 있나요?

사랑도 이별도, 자존심은 잠시 접어 두세요.

우리 추억이 있잖아요..

차라리 좀 양보할 걸.

괜히 너에게 자존심 부렸어.

결국 이렇게 될 걸.

\# 이별 후 나에게

우리나라 사람들은 어렸을 때부터 숨바꼭질하던 버릇이 있어서

잡으려면 자꾸 달아나요.

기다리세요.

잡고 싶다면.

지금 이 순간에도 누군가는 사랑을,

누군가는 이별을 하고 있을 겁니다.

사랑하는 순간은 불처럼,

이별은 아프게….

너를

뺏기고 싶지 않아.

놓치고 싶지 않아.

너를….

잊혀지는 아픔

어떤 아픔이든 잊혀지기 마련이에요.
우리 추억이 아픔으로 남지 않기를…

생각해보니 올해, 작년, 또 재작년에도
아픔이 있었더군요.
지나고 보니 아무 일도 아닌 것 같은 일도,
그렇지 않은 일도 있지만
대부분의 아픔은 잊혀지네요.
더이상 우리 인연은 아픔으로 남기지 않도록 해요.

매일 믿던 네가
이젠 믿지 않다.
그게 더 슬프다.

쉬진 않겠지만

만남도 이별도
멋지게,
쿨하게.

선한 눈을 갖고, 가슴엔 독기를 품어라.

나는 어떤 눈빛을 갖고 사는지,
가슴엔 어떤 독기를 품고 사는지,
한 번 쯤 확인해 보세요.

photoed by byung-hoon

20대에 감추고 싶던 약점이

30대엔 강점이 되고 있어요.

또한 그것들이 모여 스토리가 되네요.

언젠가 더 강한 무기가 될 테지요.

우리가 하는 모든 것들이 다 무기가 될 거에요.

우리 삶 속 가장 힘든 도전을
우리는 아직 시작하지도 않았습니다.

언제 시작될지 모르는 그 힘든 도전을
우리는 오늘도 준비합니다.

#부딪쳐 보세요

서두르지 마세요.
어차피 너의 진가는 40대에나 평가 받을 테니.
지금의 시선 따위 신경쓰지 마세요.

그냥 부딪혀 보세요.
되면 좋은 거고, 안 되면 마는 겁니다.
20대, 30대 우리는 다 그렇게 살아요.

하루 아침에 많은 걸 해내려 애쓰지 마세요
1년, 2년, 10년, 20년 하다 보면, 그러다 보면
원하던 대로 바라던 대로 이루어질 거예요.

하지만 이루지 못할 수도 있어요
그렇다 해서 포기하지는 마세요.
우리 20대, 30대는 다 그렇게 살아요.

기회가 오지 않는다 해서 준비하지 않을 건가요?

준비의 덫

4년제 좋은 대학 졸업한다고 기회가 올 거라고 착각하지 마세요.

무엇이든 열심히 하면

기회는 반드시 찾아올 거란 착각도 하지 마세요.

그렇다고 해서 준비하지 않을 건가요?

사람의 몸은 단련할수록 강해져요.

그런데 마음은 쉽게 단련할 수 없습니다.

다만 감추는 법을 깨달을 뿐이죠.

마음을 다스리는 방법을 안다면 좋겠지만

뜻대로 되지 않는 게 사람의 마음입니다.

#마음단련

조언이란 함정에 빠져
일의 속도를 늦추지 마세요.
늦어질수록 경쟁자만 늘어납니다.
시행착오는 일류도 겪습니다.

실행하고, 실천하세요.

지금 우리가 해야 할 일은?

미친 듯이 사랑하기.

미친 듯이 일하기.

미친 듯이 공부하기.

결국 미쳐보기.

던져 봐요

아무것도 모른 채 던져 봐요.

도가 나올지 모가 나올지 모르면서.
사회는 그렇게 우릴 던져 봅니다.

진짜 정보는 손쉽게 얻을 수 없어요.

누구나 가장 중요한 정보는 감추기 마련입니다.

지금 너와 나, 그리고 그들이 감추는 것처럼.

일과 사랑에 타이밍이 있다면
분명 쉴 새 없이 두드려야 올 테지.

#지금은 충전 중

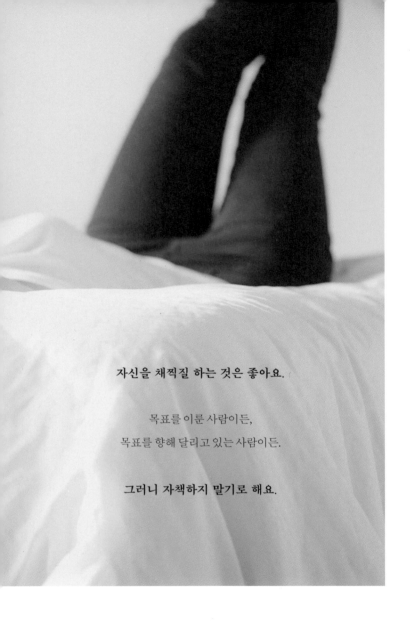

자신을 채찍질 하는 것은 좋아요.

목표를 이룬 사람이든,
목표를 향해 달리고 있는 사람이든.

그러니 자책하지 말기로 해요.

서두르지 말아요

삶—일

나도 누군가의 기억 속엔 좋은 사람일 테지.
나도 누군가의 기억 속엔 나쁜 사람일 테지.

기억 속에 살고 있는 우리들 삶 속에
어떤 사람으로 남을지는
나의 선택이 아닌 너의 선택.

참 어렵지.
기억 속에 산다는 거.

다 그렇게

다 그렇게 살아가요.
오늘은 뭐하지?
내일은 뭐하지?

최선을 다해도 부족하고
그렇다고 바쁘게 살지도 않고
바쁘게 살아도 뭐했는지 생각 모르겠고

다 그렇게 사는 거지.
청춘은.

같은 길도 쉬운 길로 만드는 사람.
같은 길도 어려운 길로 만드는 사람.

나는 어떤 사람일까요?

다른 사람에게 도움이 되는 사람일까요?

도움이 되지 않아도,

도움을 받지 않아도 괜찮습니다.

편안한 사람으로 다가 서세요.

사람 사이는 부단한 노력과 오랜 시간이 필요합니다.

성공을 바늘구멍에 비유한다면
인생살이 너무 각박하지 않은가.

**그럼에도 바늘구멍 찾아다니는
우리 청춘.**

성공은

몇 번의 고비가 지나간 후에 찾아옵니다.

고비도 넘기다 보면 익숙해질 거예요.

고비 앞에 멈추지 마세요.

그럼 다시 처음이잖아요.

이겨냅시다. 청춘.

급하게 뛰어가 도착해 보니 1등인 줄 알았는데….

게다가 내가 원하던 길이 아니었어요.

뒤늦은 후회를 해봐요.

우리는 어디로 갈지 모른 채

달리고만 있죠.

photoed by seon-a

훗날 너의 자서전에
가장 감동적인 한 장의 추억이 될 겁니다.
기록하세요.
오늘 너의 날들과 감정들.

매일 힘들다 힘들다 입에 달고 살았던 거 같아요.
그런데 또 지나보면 아무것도 아니죠.
오늘도 내일도 나의 자산이 될 거예요.

사랑만 하기엔 아까운 청춘.
그래서 이별도 하고
눈물도 흘리고, 삼켜도 보고
더 단단해져야 하는 우리는 청춘이니까.

선택티켓

꿈을 정확히 표현하지 못하는 이유는
아직 꿈이라 그래요.
아직 우리에겐
무한한 선택권이 있다는 말이기도 하지요.

'언젠가' 이룰 거라는 나의 '다짐'
'언젠가' 이루어진다는 너의 '응원'

잠들기 전 천장에 그려봐요.
나의 미래를….

이어폰 끼고
아무 소리도 듣고 싶지 않아요.
가끔은 어디로든 숨고 싶은
청춘.

누굴 위해 달리고 있나요?

어디를 향해 달리고 있나요?

내 꿈은 아직 시작도 못 했는데…,

지금이 행복한 때라고 믿고 달립시다.

일년 365일을 하루 24시간으로 쪼개고 쪼개서 계획을 짜고,

그 계획대로 실행하려 노력하고,

저녁엔 일상을 쓴다.

그러다 생각에 잠기면 나는 누구?

어딜 향해 가고 있니?

그러다 남들과 비교하고….

괜히 뒤처진 것 같고….

이런 생각들이 우리 청춘을 고달프게 하지.

그런데 말야. 지금의 고달픔이 언제가 달콤함으로 오겠지?

그날을 위해 오늘도 달리고 있는 거라 믿자구요.

나는 누구보다 행복하니까.

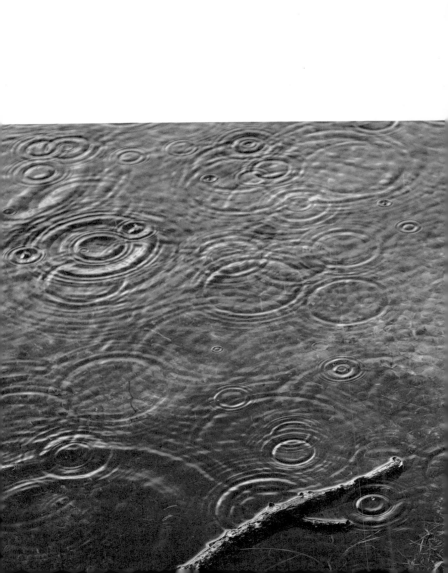

만화주인공처럼

외로워도 슬퍼도 나는 안 울어.
참고 참고 또 참지 울긴 왜 울어.
캔디는 어려운 환경 속에서도 꿋꿋이 힘내는
오뚜기 같아요.

우리 사는 세상.
우리는 만화 속 캔디처럼 사는 것 같아요.
가끔은 울어도 좋아요.
앞으로 눈물 흘리는 날보다 웃는 날이 많기를….

세상 그 어떤 걱정거리도
내가 당사자가 아니면,
그 무게를 가늠하기란 불가능해요.

우리들은 걱정 한두 개쯤은
붙들고 살고 있지요.

걱정, 까짓 거 아무것도 아니에요.

삼키고 또 삼키고

삼켜서 약이 될 수 있고,
삼켜서 병이 될 수 있어요.

청춘이 그래요.

일이든 사랑이든,

먼저 시작하는 놈이 임자에요.

망설이지 마!

누구에게도 실망하지 않기를.
누구에게도 상처받지 않기를.
누구에게도 의지하지 않기길.

누구보다 현명하길.
누구보다 강해지길.

앞으로도 멈추지 않기를.

청춘이라 방황하는 거예요.
누구나 방황할 때가 있어요.
그렇다고 불안해 하지 마세요
남들도 다 하는 겁니다.

목표가 생기면 돌진해야 해요.
목표가 이뤄지고 있다면
그때 즈음 뒤를 한 번 돌아보세요.
뒤에 무엇이 있었는지….

또 앞엔 무엇이 있을지….

한발만 물러서서 보면
아름다운 세상.
그러나 현실은 한발 앞서 가라고 하네요.

물러서건, 앞서건
그것 또한 청춘이지.

실력도 쌓아야 하고.

인맥도 쌓아야 하고.

불안한 미래와 지금도 싸우고

내일도 싸울 테지요.

될 놈은 따로 있다.
그러니 그렇게 아등바등 살지 마라.
될 놈이 너란 사실도 잊지 말고.

언제나 1번은 가족입니다

꿈을 좇는 청년들아.
우리가 꿈을 좇아 열정을 쏟아부을 때,
부모들은 땀을 쏟아 붓는다.

행복은 아직 멀리 있어요.
그러니 서두르지 마세요.

한 치 앞이 안보입니다.
불안해서 자꾸 무언가를 하고는 있는데,
무얼 해야 할지 모르겠어요.
그래서 불행해… 그래서 불안해….
언제부턴가 잠을 청하려 누우면 잠은 안오고,
이런 고민 걱정하다 잠들곤 해요.
걱정거리로 잠 못 이루는 날들.

천천히 가자.
행복해지려고 서두르지 마세요.

#불안한 행복

부모와 스승의 호된 가르침엔 사랑이 있어요.
그러나 사회의 가르침엔 자비란 없네요.

학창시절 잘못을 저지르고
거짓말로 그 상황을 모면하려던 적이 있었는데
어떻게 알았는지
부모와 스승은 내가 거짓말을 하고 있는 걸 알고 있었죠.
알고도 넘어가 주기도, 알고 호되게 야단을 맞기도 했지요.
그런데 사회는 아무도 가르쳐 주지 않아요
잘한 건지… 잘못한 건지….

PASSION L

#열정, 무기력

열정은 보여주려 해도 티가 나질 않고,
무기력은 감추려 해도 티가 난다.

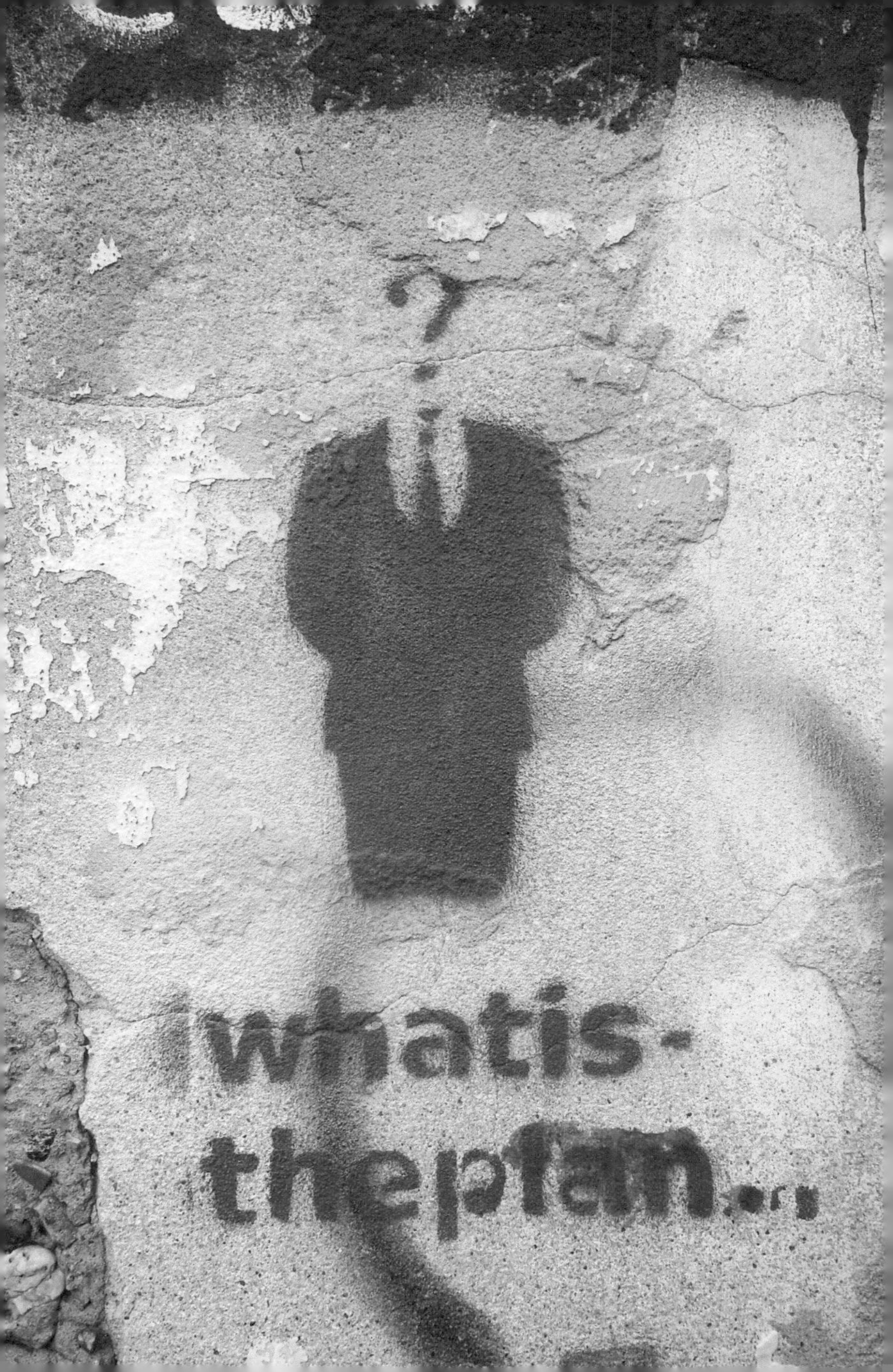
whatis-
theplan...

누군가는 때를 믿고.
누군가는 때를 의심하지.

누군가는 과거를 돌아보며 때가 있다 말하고,
누군가는 현재만 보며 때를 기다린다 말하지.

믿어야지 별 수 없잖아.
시험을 앞둔 사람도,
시합을 앞둔 사람도,
믿어야지 별 수 없잖아.

믿음이 없다면 이 세상 얼마나 각박할까요.
믿으세요. 지금의 당신을.
그리고 당신을 사랑하는 사람을.
믿어야지 별 수 없잖아요.

photoed by sung-wook

포기를 모르는 사람, 참 멋져요.

포기를 모르는 사람, 참 미련해요.

앞의 포기와 뒤의 포기는 분명 다른 것입니다.

남들이 볼 때만 부지런한 척 한다고 비난하는 사람들이 있어요.

그런데 그들은 남들이 볼 때라도

부지런한 척 해본 적 있을까요.

다른 사람이 볼 때만이라도 부지런해져 보세요.

처음은 누구나 그렇게 시작하는 거잖아요.

시간이 모든 걸 해결해 줄 거란
착각에 빠지지 말아요.

대단하게도 시간은 많은 걸 잊게 해주죠.
이별한 사람을 잊는 것도.
아픔을 견디는 것도.
시간이 해결해 줄 수 있는 많은 일들.

그러나 시간이 모든 걸 해결해 주진 않아요.

심장은 거짓말을 못해요.

사랑이 찾아오면 두근두근 쾅쾅.

두려움이 찾아오면 두근두근 쾅쾅.

우리가 살아 있다는 증거.

두근두근 쾅쾅.

소나기 내리고
그 소나기에 신발이 축축해진다.
찝찝한 건 내 발이 아니라
내 마음이겠지.

photoed by young-jun

모 운동선수가 올림픽 금메달 획득 후

방에 와서 메달을 걸고 누웠는데

허무함이 밀려왔다고 해요.

이걸 가지려고 숨이 넘어갈 듯한 죽을 고비를

쉼 없이 넘어왔던가.

그는 이후 다른 목표를 향해 다시 도전하고 있다고 합니다.

목표에 도달하면 다른 목표가 생기고,

또 생깁니다.

그런데 대부분 첫 목표를 이루기 전에 다른 목표를 찾지요.

그래서 성취보다는 실패를 하게 됩니다.

1 다음은 2다.

1 다음은 3이 아닙니다.

다시 도전하세요

삶×일

유도를 처음 배운 그날
넘어지는 법부터 배웠습니다.
경기장 밖에선
왜 그렇게 넘어지는 게 두려운지.
아직은 넘어져도 괜찮아.
일어서면 그뿐.

무슨 일을 하기 앞서 두려움이 엄습하네요.
도전하세요.
아직은 넘어져도 괜찮습니다.
일어서면 그뿐이에요.

매트 안, 매트 밖

경기에서 승리를 한다 해도
끝이 아니고,
경기에서 패배를 한다 해도
끝이 아니다.

**매일 갑갑하고
속 시원할 날이 없네요.**

가끔 엉엉 울어도 보고,
몸 가눌 수 없이 취해도 보고,
크게 소리 한 번 질러보고.
가끔은 그렇게 하루를 보내는 것도 괜찮겠지.

메모장 속 빼곡한 다짐들.
해내지 못했다 하여
괴로워 하거나 자책하지 마세요.

포기는 더욱 하지 마시구요.

photoed by chang-won

사랑 고백만
진심으로 하는 게
아니에요.

우린
진심을 다해야 하는
순간이 있지요.

다 쏟아 부어야 해요.

다시 못올
이 순간을 위해.

photoed by jun-sung

'우연'이란 놈은
'노력'이란 놈 다음에 찾아옵니다.

'노력'이란 놈을

1시간, 2시간

1년, 2년… 10년

꾸준히 하다 보면

어느날 우연이란 놈이 찾아오는데….

우리는 막상 실행 앞에 멈칫하지요.

어제의 시간을 되돌릴 수는 없지만

내일은 헛되이 보내지 않을 수 있습니다.

그러니 포기하지 마세요.

오늘의 노력이 내일

우리의 이야기가 될 테니.

흘려라.
그 땀을.

사람은 배신할지언정
땀은 배신하지 않아요.

힘들고 지치는 날들이 많겠지요.
눈물 흘리지 마세요.
땀을 흘리세요.

우리는 다짐합니다.
돈을 흥청망청 쓰지 말자고.

그런데 왜…
세월은 흥청망청 보내는 건지…

시간이 금이라는 말이 있잖아요?

금을 어떻게 써야 될지

이제는 고민해야겠죠?

YES도 버릇되고,
NO도 버릇됩니다.
이왕이면 YES 하세요.

버릇처럼 '네'를 외치는 사람이 있는가 하면
버릇처럼 '아니오'를 외치는 사람이 있어요.

그럼 다음번엔 누굴 찾게 될까요?

힘들지?

지치지?

그만하고 싶지?

울고 싶지?

......

언젠간 좋은 날이 올 거란 희망을

오늘도 반복하네.

실력은
누구나
키울 수
있어요

그러나
태도는
쉽게
바뀌지
않아요

photoed by ji-hye

사람은 쉽게 변하지 않으니까

노력해야 돼요.

우리 젊음은
원하는 일에
어떤 마음가짐으로
도전해야 할까요?

성공한 많은 사람들은

몰입하고 실천하고 판단하고 해결하는 일을

수 없이 하는데,

그들은 그때마다 많은 걸 겁니다.

다 걸고 해도 안 되는 일들이 있는데

설렁설렁해서 될 일이 과연 있을까요?

올인하세요. 이루려면.

가장 훌륭한 정치가는
따라야 할 때가 되었다고 생각이 들면
하던 일을 후배에게 맡기고
미련 없이 떠나는 사람입니다.

가장 훌륭한 자식은
부모의 마음을 상하지 않게 하는 사람입니다.

가장 겸손한 사람은
개구리가 되어서도 올챙이 시절을 잊지 않는 사람입니다.

자신감이라는 녀석은 나도 모르게
가끔 시간과 장소를 가리지 않고
돋보이려 할 때가 있어요.

자신감이라는 녀석이
시간과 장소를 가려준다면
얼마나 멋질까요.

자신감이라는 녀석과 겸손이라는 녀석은
친구가 되면 좋을 것 같아요.

그저

열심히만 하면

되는 줄 알았어요.

무조건 열심히 하면 되는 줄 알고 달렸는데,
뒤를 돌아 보니 내 뒤에 아무도 없는 거예요
이 길이 아니었던 거지.

다시 돌아가려는데,
왜 이렇게 멀리 온 거지?

지금이라도 돌아가 볼까요?
돌아가다 보면 놓친 답을 찾을 수 있을까요?

돈이 인생에 전부는 아니에요.
그런데 많은 걸 할 수 있게 해줍니다.

#돈, 공부

공부가 인생에 전부는 아니에요.
그런데 많은 걸 할 수 있게 해줍니다.

영화 속 주인공은
항상 강하고
끝까지 살아남아요.

내 인생의 주인공은 나,
우리 끝까지 살아남아요.

어떤 일을 해내는 사람과
그렇지 못한 사람의 차이는

해내는 사람은
시도하는 능력이 있을 뿐이고,

그렇지 못한 사람은
바라보는 능력밖에 없을 뿐입니다.

사람 능력의 차이는 종이 한 장 차이라고 하지요.
종이 한 장이 얼마나 큰 차이인지…,
한 장 한 장이 모여 끝없는 차이를 만들지요.

함부로

연을 만들지 마세요.

돌아오는 건

배신감과 허탈함뿐입니다.

그러나 연을 맺었다면,
아무것도 바라지 마세요
돌아오는 건 작은 행복입니다.

그 연과 함께 날아가세요.
더 멀리 더 높게….

사람에 대한 상처로 인해 마음에 벽을 만들지 마세요.
사람으로 생긴 상처는 다른 사람으로 치유될 수 있어요.

요행을
바라본 적
없어요.

#묵묵

그저 시간이 해결해 줄 거라 믿어 본적도 없습니다.

그냥 내가 할 수 있는 일,

그 일을 꾸준히

처음부터 지금까지 해오고 있을 뿐이죠.

물, 불 가리지 마세요.

지나간 버스는
다음 버스를 기다리면 그만이지만,
지나간 기회는 다시 오지 않아요.

너의 열정

따지는 게 많을수록 할 수 있는 일이 줄어요.
남에게 한 번 빼앗긴 기회는 다시 찾아오려면
오랜 시간이 걸리거나,
영영 찾아올 수 없으니.

쏟으세요. 당신의 열정을.

직장인은
내일의 출근을 걱정하고,

학생은
내일의 과제를 걱정하고,

운동선수는
내일의 새벽운동을 걱정한다고 합니다.

지나간 시간

하루 1시간은 너무 느려도, 1년은 너무 빨라요.
지나간 시간은 다시 기회를 주지 않는다는 걸
명심하세요.

괴로움은 견딜 수 있어요.
외로움은 견딜 수 없네요.
자신에게도 여유를.

지인들에게 아무 이유 없이 연락하는 하루 되시길.

전화하세요

세상에 외로움만큼 견디기 힘든 게 또 있을까요?

외로움도 괴로움도 피하고 싶은데 왜 나한테만 오는 걸까요?

전화할래요. 당신에게.

성실함이 다가 아니란 건 다들 알고 있어요..

그러나 성실함은 기본입니다.

성실

그것부터 시작이예요.

잘하고
잘하고
또 잘해라.

그래야 이름 앞에
'역시'가 붙어요.

photoed by hau-na

누군가를 칭찬할 때 '역시'라는 말을 써본 적 있지요?
'역시'라는 말을 듣기까지의 부단한 노력은
'역시'라는 단어 한마디로 보상이 됩니다.

우리도 가끔은 '역시'라는 칭찬을 듣고 싶죠.
칭찬은 사람을 강해지게도, 약해지게도 만드니까.

아직은 ·············· 생각할 때다.
아직은 ·············· 움직일 때다.
아직은 ·············· 쉴 때가 아니다.

젊음, 특권

젊음이 좋은 이유가 뭘까?
뭔가에 꽂히면 그냥 다른 생각 안하고 전진할 수 있는 용기와
체력이 젊음이 주는 특권아닐까?
그러나 그 특권을 우리는 아주 숨가쁘게 활용해 볼 필요가 있지.

자, 일어나 움직이자.

말에 '무게'를 싣고 싶거든
화술을 배울게 아니라
'능력'을 키우세요.

그리고 보여주세요.
당신의 능력을.

photoed by chang-won

말의 무게

말로 누군가를 훈수 두려는 사람이 주변에 분명 있을 거예요.
그런데 참 아이러니한 게 전에는 그 사람의 말이
분명 나에게 뇌리에 박힐 정도로 분명했는데
어느 순간부터는 그 사람 말 중에 딴 짓 하는 나를 발견하게 됩니다.

이제는 내가 그 사람보다 뛰어나거든.

나보다 뛰어나지 못한 사람에게
훈수를 들고 싶지 않은 건 누구나 마찬가지죠.

어떤 분야에 관계없이
1등 하려면
두 가지를 반드시 해야 합니다.

하나는 자존심을 버리는 일.
또 다른 하나는 자존심을 지키는 일.

어렵다 청춘.

자존심을 내려놓으면
더 많은 것을 누리고 살 수 있다고 어른들이 말해요.
옛말에 어른 말 틀린 말 없다 하잖아요.
그래서 내려 놓는 법을 배워 보려 해요.
쉽지 않겠죠. 자존심을 내려 놓는다는 게.

세월이 갈수록
내려 놓는 법을 배워야 한다는걸 깨닫게 되요.
점점 어렵죠.
내려놓는다는 게.

자존심, 자존심

'믿음'

어떻게 쓰느냐에 따라
인생이 변해요.

행복하다 믿으면
행복할 것이고,

우울하다 믿으면
우울증이 오는 것처럼요.

내 몸은 결국
내 생각이 지배하지요.

믿음

지내다 보니 믿고 싶은 일보다

믿고 싶지 않은 일들이 더 많이 벌어지는 것 같아요.

하나의 행복을 위해

아홉 개의 불편함을 택해야 할 때가 있듯이

아홉 개의 행복을 위해

하나의 불편함을 감수해야 할 때도 있는 법이죠.

그러니 우리의 믿음

긍정적으로 써봐요.

세상은 분명히 바뀌고,
또한 우리의 힘으로 바꿀 수 있어요.
그러나 내 자신부터 바뀌지 않는다면
단 하나도 이뤄낼 수 없습니다.

생각을 실천하고 펼치세요.

수습은 그 후에 해도 늦지 않아요.
성공도 실패도 경험입니다.

우리 지금 비싼 돈 주고
경험 쌓고 있잖아요
내 것으로 만드세요.

지금, 바로 지금
실천하세요.
세상이 달라 보일 겁니다.

혹시 아직도 고민 중인가요?
고민하는 사람은 많습니다.
실행하는 사람이 적을 뿐이죠.
생각해 보면 경쟁률 얼마 안돼요.
실행하는 소수의 사람들과 경쟁하는 거니까요.

고민할 건가요? 실행할 건가요?

우리 청춘은 언제 가장 고민이 많을까요?

고3 입시? 대학 졸업반? 아니면 지금?

청춘들은 고민으로 하루를 시작해서

고민으로 하루를 끝낸다고 합니다.

우리 이제 고민만 하지 말고 하나부터 실행해 볼까요?

실행을 해야 고민이 해결되겠죠?

착각

어른들의
대단한
착각

아이들은
눈치채지
못했을 거란 착각

내일은 더 행복하길

삶 ÷ 일

#마음을 얻는 일

돈을 버는 일보다
사람의 마음을 얻는 일이

더 어렵다.

**누구나 내면에는
순한 양과 성난 호랑이가 공존해요.**

누군가의 눈엔
순한 양처럼 보이기도,
다른 이의 눈엔
성난 호랑이로 보이기도 하지.

#고독한 레이스

급한 약속으로 집을 나서는데
밖은 촉촉하게 이슬비가 내리고 있어요.
집으로 돌아가 우산을 갖고 나올까 생각하다
이 정도는 맞아도 상관없겠다는 마음에
서둘러 발걸음을 옮겼어요.
그런데 한 방울 두 방울 맞다보니,
어느새 머리와 옷이 젖더군요.
그날 하루 모든 게 망가졌어요.

집에 돌아와서 생각해 보니
왜 우산을 안 챙겼을까 후회가 돼요.
청춘은 고독한 레이스 같네요.

나부터

다른 사람이 일하는 모습을 보면 태도 하나로
그 사람의 인간성까지 보이지요?
그렇다면 반대로 다른 사람도 나의 일하는 모습에서
인간성을 볼 수 있겠지요?

누군가를 판단하기 전에 나부터 보여줘요.

정리가 끝나면 매번 홀가분하다.
책상 정리든.
마음 정리든.

오늘 나는 정리가 끝났어.

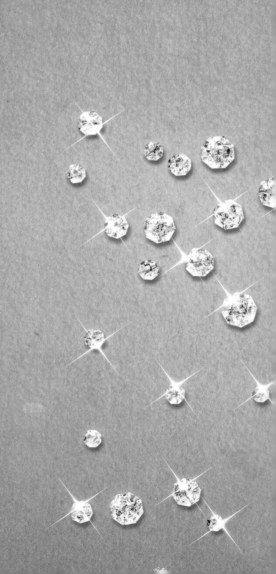

바라고, 놀래요

우리는 항상 바라지.
충심을.

우리는 항상 놀라지.
사심에.

감정에 솔직해져요.

그러나 드러내지 말아요.

어렵지.

하나부터 열까지.

우리 모두 표현에 어색해 하지 말아요.
힘들면 힘들다.
싫으면 싫다, 좋으면 좋다, 사랑하면 사랑한다.

표현하면 행복해집니다.
표현하지 않은 것에 대한 후회는 다들 해보셨을 거예요.
후회하지 말고 오늘 말하세요.

사랑한다고.

행복 그거

저기 멀리서 나를 지켜보고 있겠지.

빨리 안와도 좋으니

천천히라도 꼭 와.

#행복

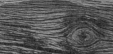

혼자 터득하는 일

사람 눈 속을 잘 살펴보면
그 속에 두려움을 발견하게 되지.

그 두려움을 감추려
선글라스를 쓰고 가면을 쓰지.

세월이 갈수록 두려움을 감추는 법을
터득하게 되지.
혼자 터득해야 하는 거지.

photoed by han-jin

두려움보다
사람을 망설이게 하는 게

기대감이지.

누군가는 그 녀석을 인물이라 하고.
누군가는 그 녀석을 물건이라 한다.

뭐라고 불리고 싶은가요?

photoed by ui-jeong

언제부턴가 외로움을 잃어버렸어요.

마음이 단단해졌거나

외로울 이유를 잃어버렸거나.

아직은 충분히 외로워도 됩니다.

그래도 너무 자주 외롭지는 마세요.

네 인생이 별거 없다라고 생각하는 사람들에게…

어느 누구도

내 인생 '별 거 없는 인생이야'라고 생각하는 사람은 없습니다.

다만 어떠한 일을 함에 있어서 '내가 할게'와

'나는 못할 것 같으니까 네가 해!'

내 자신은 별 생각 없이 한 말이겠지만

남이 보았을 땐 그때부터

별 거 없는 사람으로 보이기 시작할 겁니다.

세상에 힘든일, 안 힘든 일 할 것 없이 다 힘들고 귀찮아요.

다만 적극적인 태도로 변하게 되면

남들이 날 바라보는 시선부터가 바뀌는 것이죠.

멈추지 마세요! 그리고 웃어요!

삶 속

떨어진 명예는
언젠가 회복할 수 있어요.

그러나 한 번 무너진 신뢰는
다시 쌓기 힘듭니다.

먼저 나누세요.

받는 것만 좋아하는 사람에게
진정 필요한 것은 주지 않는다.

photoed by deok-jin

책임은 대장이 지는 것.

지금 당신이 책임감을 느끼고 있다면
그건 당신 인생의 대장은
바로 당신이기 때문이다.

하고 싶은 말 다 하면서 손해 보는 사람.
하고 싶은 말도 못하면서 그저 그런 사람.

말은 잘 써야지.
나는 하고 싶은 말 다 할 테니.
이래도 청춘이고 저래도 청춘이지.

아까운 시간 눈치 보지 마세요.
눈치 본다고 해서 챙겨주는 사람 없어요.

너도 알고 나도 아는 사실.
몸과 마음을 가볍게 하되,
입은 반드시 무거워야 한다는 사실.

서면 앉고 싶고, 앉으면 눕고 싶고,
누우면 자고 싶은 게
사람 마음이에요.

억지로 어려운 일을 찾으려 하지 말고,
억지로 어려운 일을 시키려 하지 말아요.

266

잘 했어

따지고 싶은 게 참 많은데
내일이면 참은 게 다행이라며
한숨 내쉴 테지.

photoed by ki-chang

감자 튀김 장사하는 친구에게
남들 다 휴가 가고 비도 오고 손님도 없는데
하루 문 닫아!

친구 왈,
손님 아무리 없어도 새로운 손님이 와서 감자 맛 보고
다음에 또 찾아오면
그 한 테이블로 그날 장사 끝이라고.

사업하는 사람이든 장사하는 사람이든
자신의 철학을 가져야 합니다.

photoed by young-jun

아침에 밖에 나가보니 날씨가 맑더라.
또 그 다음날 아침엔 날씨가 흐리더라구.

날씨도 이렇게 변덕이 심한데
사람 마음은 어떻겠어.

한 번의 서운함에
그 사람과의 모든 걸 내려놓지 마세요.
해 뜰 날 오니까.

괜찮아요

가진 게 없어도 괜찮아.
먹을 게 없어도 괜찮아.
입을 게 없어도 괜찮아.

아직은 괜찮아요.
그러니 포기하지 말아요.
설령 포기했더라도
다시 시작해요.

다른 사람이 맘 상할까봐

되레 내 맘 상하게 하는

미련한 짓 그만.

빠르게 달리다 보니 운동화 끈이 풀렸어요.
끈을 묶는 동안 뒤처졌습니다.
달리기 전에 단단히 묶을 걸···.

사회는 우리에게 달리라고 해요.
끈을 단단히 확인하고 질주하기로 해요.

어쩔 수 없는 사실 중 하나.
올챙이 적 기억이 나지 않는다는 것.

그러나 분명한 사실 하나.
아직도 올챙이라는 것.

photoed by ui-jeong

나는 말이지, 지치는 거 이겨.
나는 말이지, 눈물도 참아.
나는 말이지, 애써 웃어봐.

그래서 나는 말이지
그래도 나는 말이지.

가끔 이런 생각을 할 때가 있어요.
왜 이리 지치니 뭘 해도 하루가 지치고 힘들기만 한지.
늦은 밤 생각에 빠져 아무것도 못하고,
괜시리 눈물 한 방울 흐르고.
다시 애써 맘 추스리고 웃지.
우리는 청춘이니까.

맛!맛!맛!

**인생은 피곤해야 제맛이고,
소주는 취해야 제맛이고,
사랑은 달콤해야 제맛이다.**

맛!맛!맛!

매일매일 피곤해 흑, 이것도 내 몫.
소주 마셨더니 알딸딸… 취하네, 이것도 내 몫.
알콩달콩한 사랑이 시작되니 하루가 달콤하네, 이것도 내 몫.

#기다림을 배우는 시간

어느 날,
여드름을 건드렸더니 고름이 터지고 상처로 남더라.
어느 날,
여드름이 사라질 때까지 기다렸더니 말끔해졌어요.

이렇게 우린 기다림을 배우며 살아가죠.
시간이 해결해 줄 수 있는 일들이 많아요.
쉽지 않아요. 인내.

'진실'은 결정적인 순간에 나타난다.
'거짓'은 결정적인 순간에 나타난다.
'진실' 혹은 '거짓'

아이러니해. 순간의 어리석은 판단으로
진실을 거짓되게 말하려는 순간이나,
반대로 거짓을 진실처럼 포장하는 순간이나,
언젠가 결정적인 순간이 오면,
진실인지 거짓인지 드러나게 된다는 것.

매번 진실을 말하려 노력해야지만
가끔 성급한 판단에 의해 거짓을 말하는 경우
그동안 쌓아오던 신용이 무너진다는 건 누구나 아는 사실.
그러나 지키기 힘든 진실.

아이러니해.

photoed by jung-hyun

사람은 절대 쉽게 변하지 않아요.
다만 노력할 뿐.

많은 사람이 어떤 일을 시작함에 앞서
내 자신부터 변해야 한다고 다짐을 하곤 해요.
그러나 실제로 자신을 변하게 하는 일이
얼마나 어렵고 대단한 일인지
우리는 경험으로 알고 있지요.
그래도 부단히 노력하는 당신의 모습이 멋지네요.
그렇게 시작하세요.

한 번의 실수는 '교훈'이 돼요.
반복된 실수는 그 사람의 '실력'입니다.

실수 한 번 안하고 사는 사람은 없다.

실수를 저지르면 처음으로 돌아가 왜 이런 실수를 했지?

반성하고,

다음에도 또 같은 일이 생기면 실수를 피해 갈 수 있어요.

그런데 다음에도 같은 실수를 반복한다면

그건 그 사람의 실력입니다.

실수는 할 수 있어요. 하지만 반복은 하지 마세요.

**세상에서 가장 쉬운 일이 있다면,
내 자신을 낮추는 일입니다.
우린 그 쉬운 일 하나 제대로 못하죠.**

쉬운 일에도 순서가 있기 마련이죠.
인간관계에도 순서가 있어요.
그 중 첫 번째가 내 자신을 낮추는 일.
그런데 우리는 그 쉬운 일 하나 제대로 못해서
인간관계를 망치는 경우가 종종 있어요.

가끔 술에 취한 '감성'이 진실인지
술에 깬 '이성'이 진실인지,
착각할 때가 있다.

술에 장사는 없습니다.
술이 과하면 다음날 더러 기억이 안날 때가 있죠.
술김에 속에 있는 말을 해버리곤
정확히 기억은 나지 않고 드문드문….
하염없이 밀려오는 후회.

술을 마시면 감성에 취하고,
술이 깨면 감성에 취한 나를 원망하곤 하지.

배우가 촬영 전 상대 배우랑 호흡을 맞춰보듯,
가수가 콘서트 전 리허설을 하듯,
운동선수가 경기 전 수많은 트레닝을 하듯,
누구에게나 과정이 필요하다.

지금 당신이 하고 있는 것,
다 과정일 뿐이다.

스무살의 어느날, 컴퓨터를 켜고 두 손 모아 수험번호와 주민번호를
키보드에 쳐 내려가기 시작했어요. '합격'이라고 떴네요.
순간 두 눈을 의심해 다시 보고 또 보고.
아, 정말로 합격했구나. 엄마! 나 합격했어.
엄마도 어리둥절 하신지 축하해! 한마디.

그리고 얼마 후 모르는 번호로 전화가 와서 합격을 축하합니다.
오리엔테이션 참석 여부를 묻더군요. 당연히 참석한다고 했죠.
OT 전날 오후, 좀처럼 그런 모습을 보이지 않았던 엄마가 외출하고
오시더니 조금 취해서 집에 오셨어요.
5만 원을 쥐어 주면서 OT 가서 맛있는 거 사먹으라고 하시는 거예요.
거기까진 좋았어요. 그런데 엄마가 갑자기 엉엉 우시는 거예요.
20년 살면서 처음본 거 같아요. 그렇게 서럽게 소리내 우시던 엄마의
모습. 지금도 그날이 어제 일처럼 선명하게 기억나네요.
이유를 물어볼 수 없었어요. 처음이기도 했고, 너무 당황스럽고,
어떻게 해야 좋을지 생각이 나질 않았으니까요.
3박 4일 동안 100원도 돈 쓸 일이 없더군요. 다녀와서 엄마한테 다시 5
만 원을 드렸어요. 그날 엄마의 얼굴이 자꾸 떠올라서 돈을 다시

드렸던거 같아요. 그리곤 엄마에게 조심스레 물었어요.

엄마 그날 왜 운거야? 그제서야 조심스레 말을 꺼내더라구요.

돈이 없어서 너 반지 팔았어!

순간 당황했어요. 제가 너무나 좋아 했던 반지거든요. 비싼 건

아니지만 고등학교 시절 내내 끼고 다녔어요. 반지쯤이야 다시

살 수 있지만 엄마의 우는 모습은 다신 보고 싶지 않았어요.

엄마, 미안한데 뭐 하나 물어봐두 돼? 우리집이 그렇게 돈이 없어?

심각한 수준으로 채무가 늘어난 거예요. 몰랐어요 전혀.

중·고등학교 시절 기숙사 생활 하느라 집안 사정을 전혀 몰랐고,

집에 오는 주말에는 엄마가 전혀 티도 안내고…, 기숙사로 가는

월요일이면 꼬박꼬박 용돈을 주셨거든요.

그래서 OT를 다녀온 그날, 대학을 포기하고 일 해서 집안 살림에

보탬이 되어야겠다고 생각했어요. 어렵게 마음을 먹고 엄마한테

엄마 나 대학 안가고 일해서 돈 벌어올게.

엄마가 또 우시는 거예요.

공부도 때가 있다며 대학을 꼭 가라고 하시더군요.

어떻게 또 엄마가 빚을 내서 대학 등록금을 마련해 오셨어요.

남들만큼 열심히 대학생활을 했어요. 공부도 하고, 선배, 동기랑

잘 어울리고, 장학금 받으려 노력했어요. 물론 장학금을 받은

학기도 있고, 못 받은 학기도 있고, 못 받은 학기에는 엄마가 누나와

저에게 이틀에 만 원씩 줬어요.

당시에 누나도 대학생. 누나는 4년 중에 한두 학기 빼고 전부

장학금 받았던 거로 기억해요. 이틀에 만 원이면 집에서 학교 가는

데 왕복 차비가 5천 원이었어요 이틀이면 차비만으로 용돈이

끝이었죠. 용돈 투정하고 싶지 않았어요.

그럼 밥은 어떻게 해결 했냐구요? 선배님들이 점심, 저녁 다

사줬어요. 제가 선배님들 보면 인사를 좀 잘했어요. 인사 잘하는

후배로 통했죠. 선배님들이 식사하러 갈 때마다 저를 데리고

가주었어요. 정말 고마운 일이죠.

여름 겨울 방학에는 일만 했어요. 생활비 보태고 싶어서….

엄마는 일용직 일을 일주일에 3~4일 정도 나가 한 달에 100만원 정도

벌이를 하셨던 거 같아요. 엄마, 누나, 저 이렇게 세 가족 500에 35만원

월세에 살았어요. 자취해 본 분들은 알 거예요. 세 가족이 보증금

에 살 수 있는지(매우 불편).

누나는 여자라 방을 줬고, 저는 엄마와 마루에서 함께 잠을 자곤

했어요. 성인인데 남들이 보면 불편할 거라 생각 들겠지만 물론

남들에겐 말해 본 적도 없고, 불평해본 적은 단 한번도 없었어요.

후에 누나가 졸업하고 취업을 해서 엄마가 일용직 나가는 횟수가

줄어 다행이다 싶었죠. 엄마한테 일용직 그만 나가시라고 설득했어요.

다행히도 일용직 근로자도 실업급여를 받을 수 있더군요.

그러던 어느 날 전화 한 통이 왔어요, 낮에 누나에게….

누나는 평소 전화를 잘 안 해요, 저한테….

뭐지? 낮에 왜 전화했지?

전화를 받았는데 엄마가 쓰러지셨다는 거예요.

고대병원 중환자실이니 빨리 오라고.

그런데 그날 하필 너무 중요한 일 때문에 전화를 받고
약 3시간 후에 출발하게 된 거예요. 3시간 동안 누나의 전화는
계속되고, 언제 오냐고 빨리 와야 한다고.
그리고 늦게서야 도착했어요.
그날은 면회가 끝나서 안 된다고 하더군요.
담당 의사선생님과 상담을 했는데 심장에 문제가 생겼다는 거예요.
조금만 늦었으면 집에서 일을 치뤘을 거란 말에 심장이 내려앉고
쾅하고 돌로 찍는 거 같더라구요.
다음날 면회시간에 엄마의 얼굴을 보는데 평소에 집에서 보던 엄마의
얼굴이 아닌 거예요. 소리 내 울고 싶었지만 중환자실의 다른 환자들
때문에 입 막고 펑펑 울었어요.
물론 지금 엄마는 한 달에 한 번 검사를 받고 평생 심장 약을 먹어야
하지만, 건강한 것 같아요. 다행이죠.
그때 생각했어요. 모든 행복에 1번은 가족이구나.

이기적인 저는 대학도 모자라 대학원 학위까지 취득했습니다.
그리고 어느덧 졸업을 했죠.
졸업 후에 가진 것 하나 없던 제가 어느덧 직업을 갖게 되었고,
물질적 부족만 느끼며 살던 제가 현재는 대학에서 학생을 지도하고
있습니다. 돌이켜보니 이런저런 일들이 많았어요.
물론 누구나 사연이 있고, 그 사연엔 분명 행복과 시련이 있을
거예요. 저는 앞으로도 행복과 시련을 겪게 되겠지만 가족의 행복을

위해, 또 내 행복을 위해 더 열심히 살아 보려구요.

어쩌면 가정사를 밝히는 일이 누군가는 눈살을 찌푸릴 수 있고,

편견을 갖고 볼 수 있겠지만, 이러한 것들이 20대엔는 약점인 줄만

알았는데, 30대가 되고 보니 가정사는 정말 아무것도 아니더라구

요. 떳떳하지 못할 이유도 없고, 창피할 일도 아니더라구요.

요즘 말하는 수저론으로 치면 저는 분명 흙수저입니다.

그래도 매일 도전하고 매일 꿈을 꿉니다.

기회는 누구에게나 주어진다는 걸 보여주고 싶어요.

저의 미래는 매일 그리고 있답니다.

그러니 이른 청춘들에게 한 마디만 하자면, 자신의 환경 때문에

혹시나 포기해야 할 일이 생길 때, 잊지 마세요.

시간이 지나서 돌이켜보면 아무 일도 아니었다는 걸

분명 알게 됩니다.

20대가 되고 보니 중·고등학교 때 힘든 건 아무 것도 아니었잖아요?

때론 아무 일도 안하고 며칠씩 무기력해져도 괜찮아요.

슬픔에 빠져도 되구요. 슬럼프에 빠져도 돼요.

우리는 다 할 수 있어요.

물질은 수단이지, 우리의 가치를 바꿔 놓을 수 없어요.

그러니 우리 조금 지쳐도. 꽃길만 걷기로 해요.

- 서른이 넘은 어느날